KB052269

국수사리 탑

유회숙 시집

불교문예

변하는 것은 소멸이며
소멸은 완성이다

존재의 슬픔이 아닐까

문득
날것이 먹고 싶다
길들여지지 않은 야생의 언어

자음 한 접시
모음 한 접시

이 오래된 식욕
언어의 경계에 꽃의 지문을 쓴다

차례

제2부

제3부

제4부

제1부

시집살이

낮은 걸음으로 풀잎이 길을 내는 새벽

얼음 알갱이며 어둠이며 털어버리고

욕심도 종이 한 장의 무게

어쩌면 슬픈 향기를 품은

별을 만지듯

바라보면 호롱불 호박꽃 피고

캄캄한 담장을 허문다

어둠이 환하게 아문 곳 그 집에서

시가 익어가고 풀꽃 몇 송이 모여 산다

풀밭에서 글밭에서

풍경의 완성은 사람이 아닐까 때마침 몸이 기우는 쪽으로 보랏빛 꽃대를 밀어 올리며 흔들리는 풀잎 비슷하다는 것은 얼마나 먼 거리일까 보이지 않는 그 너머를 더듬어 본다 글도 엉키면 숨이 차고 글이 새 길을 열듯 풀잎이 풀잎에게 어깨를 기대는 전에는 보지 못한 모음과 자음이다 수백 번 수천 번 그 자리에 우두커니 꽃은 피고 풀밭에서 글밭에서 시를 쓴다는 건 나에게 말을 거는 조용한 고독이다

나비의 비행

가슴골 보일락 말락 문득 리본이 풀어지는,
봄의 난간에서 나비가 피워 올리는,
환한 곡선으로 도시의 거친 호흡들 꽃잎이 되는,
주위를 살피는가 싶더니 나비의 방 안으로 들어가는,
날개의 반점 점점 넓히며 맘껏 가슴을 부풀리는,
꽃은 꽃대로 나비의 배경이 되는,
푸른 고요도 한 송이 걸음 멈추는,
아직은 사거리 꽃집을 떠날 수 없는,
굉음과 속력이 질주하는,
빌딩숲과 근린공원 접고 그 찬란한 순간을 접는,
저만치 나풀나풀 나비를 좇아가는,
사거리에서 한 발짝도 움직이지 않는,

나비와 나와 꽃의 보폭

시어를 보셨나요

비릿한 어둠

탁탁, 어둠을 털어낸다

소금기 배인 가슴

바다가 열리고

어시장 골목이 팽팽하다

좌판 도마 위에

바다를 건너온 등 푸른 무늬

흥건히 젖은 파도소리

허공으로 솟구친다

단단해진 상투어 입을 다물고

서로를 품은 자반고등어

갈치 참치 병어 임연수

파장 흥정에 서둘러 자리 뜬다

캄캄한 달이 지는

그 사이

바다로 돌아간 시어詩漁를 보셨나요

!

빗방울 돋는 유리창에
썼다 지운다
종소리에 갇히듯
두드리면 소리가 난다
전깃줄에 제비들 비설거지 하고
내게서 풀냄새 난다고
들릴 듯 말 듯 입술을 달싹이는
그냥 그냥이라는 말속엔 그리움을 쓴다

나도 봄

봄은
쉼표다
점 점 점 날아오르는
민들레 홀씨 같은 참새소리
하늘과 땅이 가까워지는

, , , , ,
산 들 강 풀 꽃

그 속에 나도
봄이다

유효기간

* 내용물 : 사랑
* 품   명 : 유회숙(국산)
* 유효기간 : ?
* 주의사항 : 실온에서 보관

액자

11월의 끝. 고정되어 있는 봄이다   **봄**
곤충의 눈처럼 투명한 유리 안   **보채는**
누가 쏘아올린 작은 공인가   **봄 봄 봄**
무거운 기억이 기척 없이   **옹알이 하듯**
방금 도착한 전보처럼   **보이지 않아도**
그렇게 찾아오는 봄   **어둠 가운데 누워**
어둠 가운데 누워   **그렇게 찾아오는 봄**
보이지 않아도   **방금 도착한 전보처럼**
옹알이 하듯   **무거운 기억이 기척 없이**
봄 봄 봄   **누가 쏘아올린 작은 공인가**
보채는   **곤충의 눈처럼 투명한 유리 안**
봄   **11월의 끝. 고정되어 있는 봄이다**

낮에 나온 반달

장맛비 걷히고
햇살이 둥둥 떠다닌다
모처럼 갠 하늘 가장 가까이
선명하게 만져지는 낮에 나온 반달
바가지를 엎어놓은 듯 만삭의 내 모습

한강철교를 지나 점점 발 디딜 틈 없이
붐비는 동시에 한걸음 물러서는 사람들
나도 모르게 두 손은 배를 감싸 안는다
쑥스러움도 금세 미소로 번지는 출근길

첫아이를 가진 그때가 먼저 떠오른다

도심의 1호선 전철이 지나가고
신호등으로 바뀐 파란 하늘
횡단보도를 건너며
집으로 간다

계단

층층이 시간이 복사되고 친환경순환버스가 오후를 지나간다
단단히 묶인 녹슨 시간이 콘크리트 벽을 뚫고 기지개 켠다
빨간 대문 집 검은 고양이가 리모컨스위치를 꾸욱 누른다
창문 너머 목이 긴 노란 화병이 문득 걸음을 붙잡는다
계단을 내려오던 아지랑이가 용수철처럼 튕겨 오른다
책을 쓰면 서너 권은 족히 된다는 말도 이즘엔 싱겁다
방금 자리 내주던 빈 의자가 벽에 기대어 중얼거린다
아지랑이가 원을 그리며 나선형 계단을 내려온다
동문서답에 어디서부터 어디까지를 말아 올린다
발자국 되짚을수록 세상은 벼랑 끝으로 간다
발길이 길을 잇고 두 손 가득 강물이 흐른다
ㄱ으로 ㄲ으로 한 장 남은 달력을 넘긴다
모퉁이를 돌아 나온 먼 기억이 일어선다
의자에서 벗어나 침대 모서리에 앉는다
TV 화면에서 뉴스스탠드가 사라진다
4·19, 5·18, 6·10, 8·15, 6·25, 3·1
다 지우지 못한 날들이 펄럭인다

하얗게 지샌 밤이 눈을 감는다

복도 끝에서 아침이 걸어온다

다시 비밀번호를 입력한다

모퉁이가 화들짝 놀란다

푸른 계단 뛰어간다 11

9 5 6 6 1 1 9 5 6 6

그림자가 따라오다

하나로 겹쳐진다

비로소 보인다

두 손 흔든다

뒤돌아본다

내딛는다

맨 처음

발자국

꾸욱

꾹

!

선풍기

오랜 침묵이 쌓인 다락방에
선풍기

묵묵부답
참선에 든 좌불이다

((((((( ))))))))

나무의 나이테처럼
급류를 지나온 물살처럼

내 안에 이는 파장
두 손 모아 합장한다

보름달

진흙 속에서 피어오르는

어디쯤인가

때로는 아이처럼

소와 함께 집으로 향하는 농부의 마음처럼

달빛 소복이 쌓이는 꿈속에서 일어나

어둠 가운데 물 위를 건넌다

서해를 품고 싶다

언젠가 그런 생각을 했어요
노을 진 바다에 가고 싶다
한없이 앉아
서해를 품고 싶다고

가슴 아픈 사람들이 맨 처음 찾는 곳
그들이 두고 간
바다, 노을 진 서해가
갯벌에 박힌
처음이라는 끝이라는 말을 되뇌며
남몰래 우는 걸 보았어요

바다에 앉아 노을을 보고 있었어요
사라지는 모든 것은 붉기도 하지
세상 한쪽에서 그들과 섞여
물끄러미 바라보다 고개를 끄덕였어요
〉

세상에는 처음과 끝이라는 아름다운 말이 있고
그 사이에 사실이 살아 숨 쉬는 거라고

물의 끝에서 바다를 버렸어요
꿈결에까지 파랗게 젖어오는
서해를 찾는 사람들 그들을 안고

지금 바다로 가요, 서해를 만나러

은행나무 목탁

한데에서 나무 가까이
무쇠솥이 걸리고
불길로 활활 불타오르는 아궁이
사바세계
자욱한 김 걷히고
잠시 후
그릇그릇 국수사리 탑이 쌓인다

절 안이나
절 밖이나
계절은 늦가을

천년고찰
은행나무 잎 진 가지에는
종종종
은행알
지나가던 바람

불사가 한창이라고

은행나무 목탁을 친다

사랑아

1
사랑아
사랑으로 아플 때에는
몹시 보고 싶을 때에는
꽃이 피는 걸 지켜보렴
고개 숙여 바라보는
고개 들어 바라보는
꽃에게 가까이 다가가 보렴
꽃이 피는 소리
가만한 손길이 나의 이마를 짚을 때

2
사랑아
잎과 줄기 사이에
이만큼의 거리에서
아름다운 사랑을 바라보렴
꽃이 피었을 때

잎과 줄기를 기억하지 못함은

너무 가깝거나

너무 멀거나

둘 다 게으름에 지나지 않음을

3

사랑아

사랑으로 몹시 아플 때

꽃에게 가까이 다가가 보렴

꽃이 피는 걸 지켜보렴

빛나는 줄기와

초록 잎

사색의 겨울을 건너온

나의 가슴에 귀 기울여 보렴

꽃이었음을 꽃이었음을 기억하렴

산은 길을 품는다

1

창문 안으로
불쑥 들어온 붉은 산을 본다
미안하다 미안하다
산다는 게
남의 살 파먹다
납작 엎드린 무덤 같아서
산다는 게
산을 파먹다
밥사발 같은 무덤 하나 남긴 것 같아서
산을 돌아
굽이굽이 흘러가는 것은 강물뿐
산이 눈을 감았다 뜬다

2

그날이 오면
사과나무 아래

내 무덤 보이고
생이 저물듯이
길도 저물어 길 위에 눕는다
길 위에서 떠오르는
길 위에서 지워지는
얼마나 많은 길이 길 위에 접혀있을까
산을 돌아
굽이굽이 흘러가는 것은 강물뿐
산은 길을 품는다

달빛시낭송

밤하늘 별과 함께

평사리 최참판댁 마당에 들어서자

백작약 둥그렇게 보름달 뜨고요

노란 주전자엔 달빛 막걸리 흔들려요

스승님은 계시지 않아요

피맛골 소문난집 아니지만

둘러앉은 사람들 두런두런 보이고

오래 낯익은 얼굴

문장 속 쉼표처럼 앉아있어요

검은 눈동자 밤을 깜박이고

정공채 시인 추모 달빛시낭송 이어져요

금오영당에 누워계신 스승님

무덤가에 바람을 흔드는

이승의 일인 듯 꽃피고 지고요

'잘 있거라 내 사랑아'

4월이면 스승님 목소리 산을 넘어

저만치 남해 물소리 파랗게 젖어옵니다

눈부처

술잔 안에 빗방울
그 순한 눈 속에
눈부처

마음의 경계를 풀고
어찌 아는지
밤바다에 비가 내린다

생의 중심에서 처음 마주한 나를
가질 수도
모른 채 두고 갈 수도 없는데

빗소리에 취하여
목을 축이며
늦게 배운 술을 마신다

11월

가까울수록 바라보아야 하는 거리

멀어질수록 기다려야 하는 거리

시월과 십이월 어디쯤에서 사랑이 다녀간다

제2부

오월

새벽 꽃시장입구에 백합이 어둠을 밀치고 통로를 비춘다 삼신할머니, 데려갈 새 생명을 콕콕 집어 호명하듯 방긋방긋 웃는 천상 오월이다

가슴에 안겨 입술을 연다

근로자 어린이 어버이 스승 성년의 날 싱싱함이 물관을 타고 오른다 마디마디 푸른 통로를 따라, 장미가 환승역을 향해 걸어간다

어둠의 단면 위로 노랑나비 날아올라, 아슴아슴 나래를 편다

나팔꽃

아들과 단둘이 사시는

모닝빌라 203호 할머니

아침이 걸어오는 길

작은 풀꽃을 매만지며

나팔꽃 붉은 심장에 귀를 세운다

바람이 그늘을 찾는

폭염 한가운데 텅 비었다

허공도 길이 되는

깊고 깊은 가슴엔 무엇을 담았을까

203호 할머니 나팔꽃

온몸으로 받쳐 든 덩굴손에

소지 한 장 꼭 쥐고

검불이 되는 순간까지

까맣게 여문 씨앗

햇볕이 불티처럼 따끔거리는

팔월 한낮을 손끝에 올려놓는다

분리수거

일요일 늦은 밤

종이는 종이끼리

빈 깡통은 깡통끼리

분리수거를 하다가

결 고운 나무로 만든 종이와

말랑말랑한 플라스틱

내다버릴 것 찾아볼 수 없는

넘치는 음식물쓰레기 그곳에서도

곰삭아 서로 묵묵해지는 것들만

따로 이름을 갖지 않는 것들만

나를 분리수거 한다

그들이 알아차리기 전에

잠시나마 그곳을 기웃거린

날내가 나고

요량 없이 뻣뻣한 무엇으로

반입불가

버려지는 것에도 때가 있음을

나는 집행유예 중이다

세탁

희고 검푸른 옷 세탁을 한다
돌고 도는 제 안에서
무엇 하나 꿀꺽 삼키지 못하고
횡격막 어디쯤 끼어있는
동전이 보인다
아닌 건 아니라고
끼익 끼이익 비명을 내지르는
마음도 세탁과정을 거치면
어떤 소리를 낼까
돈세탁은 물론
뒷주머니도 척척
만사가 통하는 돈을 마다하는
울컥 슬픔이 그리울 때 있다
살다가 병아리 눈물만큼의 눈물도
말라 버릴까 봐
분명 그럴까 봐 겁이 난다
그동안에 세탁기는 돌고 또 돌고

멜로디 음과 함께 종료를 알린다

탈수된 빨래 속에 접혀있는 종이돈

꿈에도 없던 돈세탁

빨래집게로 콕 집어서 넌다

바레인

이 길로 낮과 밤이 지나가고
바람이 지나간다
바람의 손끝에서 꽃 한 송이
여인의 눈빛이다

짙은 흙먼지를 일으키며
모래둔덕을 달리는 지프차
내 시계는 바레인을 가고 있다

대지에 뿌리를 두고 솟아오른 듯
회백색 건물과 초록 창문
그리고 풀 한 포기
바라보기만 해도 목이 탄다

섭씨 35도
봄이 오는 사막 한가운데
마치 순례자의 모습

낮은 곳으로 낮은 곳으로 가지를 뻗는
생명의 나무 The Tree of Life

어둠 저 멀리
송유관이 이어지고
밤 깊을수록 딜문Dilmun을 비추는
모스크 첨탑 위 푸른 달 뜬다

스르르, 겹치다

정적을 쪼는 새소리에 잠이 깬다 자리에서 일어나 생각은 소리 없이 옮겨 앉는다 하얗게 햇볕이 부서진다 부푼 적막 속으로 문이 열리고 소형승용차 미끄러져 들어와 지구 반대편 주차장에 멈춘다 폭염아래 줄지어 엎드린 피사체 갑각류다 아니, 딱정벌레 장수풍뎅이 배추흰나비 여름방학 곤충채집 생각만 해도 등에서 땀이 흐르는 중동의 4월과 눈을 떼면 날아갈 것 같은 어릴 적 여름이 서로를 응시한다 창문 밖으로 팽팽하게 차선을 잡아당기는 경적소리, 도로를 질주하는 뜨거운 숨소리, 저 날것의 풍경 끝에서 그대로 채집된 여름 한낮이 국경을 넘어 스르르 겹친다

달팽이

물기 눅눅한 길에 민달팽이 한 마리 역을 향해 걸
어가네 광장을 가로질러 가는 사람들 발걸음 바쁘네
불룩한 가방은 열어본 적 없는 듯 밀쳐두고 구석진
자리에 걸터앉은 사내 성긴 머리카락을 검지로 돌
려 감으며 초겨울 비 내리는 거리를 물끄러미 내다
보네 이제 막 여덟시 밤기차가 떠나네 시간은 흐르
고 역사에 홀로 남은 달팽이 말없는 사내의 눈빛 물
속 같네 속엣말 다 들어도 하루가 그대로 남아있을
것 같은 새벽녘 달팽이 한 마리 벼랑 끝에서 섬이 되
어 뭍으로 가네 잊어버린 길이 있네

어머니

    소방서 담에 딸린 나지막한 집 꿈속에서도 어머니는 단칸방에 살고 계신다 어머니 불러도 아무런 말씀이 없다 두통약과 귤 몇 개 빛바랜 사진이 걸린 오래된 풍경 뿌옇게 떠오르는 우물 같은 단칸방에 허리 굽은 어머니 반달로 누워 계신다 한낮을 가로지르는 사이렌 소리에 자꾸 작아지는 어머니 세월 묻은 그 집 떠난 적 없다 동네가 들썩일 때마다 현수막이 걸리고 몇 개의 수상한 바람도 펄럭이는 집이 헐린다는 말에 여기저기 찬바람 드나든다 어머니의 곤한 잠을 뒤로 하고 좁은 골목길 꿈길을 걸어 나온다

    올려다 본 하늘에 낮달 하나 창백하게 떠 있다

한걸음

어느 날 잃어버린 길을, 유기견 가을이졸졸이
가 무릎으로 뛰어든다 따뜻하게 전해져오는 체온
을 꼭 안아준다 다같이 사는 한세상일거야 말하지
않아도,

병원 앞에서 한걸음 들여놓지 못하고 어둠의 혼
례식 끝날 때까지 서 있다 어른들이 정을 떼려 그런
다고 말씀하실 때 자라는 것은 알 수 없는 눈물, 아
버지 그림자만 실체처럼 나를 가둔다 어제와 다른
하루로 스며드는 안팎의 경계를 똑바로 쳐다본다

살아있음이 눈부시다 어머니에게 외로움은 매
일 먹는 밥 같은 말, 외로움을 살아가는 것도 한세
상이라며 한 땀 한 땀 소소한 일상을 꿰매신다

물이 새긴 발자국

지층 속에서 걸어 나와 흘러가는 물을 바라본다

몇 세기 전 나이테를 두른 내 몸에서 반짝이는
소리가 난다

지나온 혼란 속의 고요가 물렁물렁해진 바닥에
서 솟는다

창밖으로 저물어가는 서해바다가 수평선에 걸
려있다

물이 새긴 단단한 무늬를 들여다본다

테이블마다 수북이 쌓여있는 조개껍데기가 눈
을 뜬다

길을 불러놓고 배를 띄운다

물 위에 발자국 찍는다

가만가만 흘러넘치는 나는 또다시 무늬 밖을 나
간다

〉

말갛게 비춰지는 바람의 빛깔까지 소리 없이 품는

저 물과 같이 갈래갈래 제 길을 가는

스스로 깊어지는

출렁이는 바람 때문인가

물의 깊이를 투영하는 것이 아닐까

가만가만 스쳐지나가는 곳곳의 봄, 봄, 로그인을

누른다

꿈틀

ㄱ자로 꺾인 화단 모퉁이에
상형문자象形文字
생生의 무게 하, 내려놓고
주검이 이승을 떠나고 있다
하나로 태어나서 하나로 돌아가기 위한
순환 고리
가위눌림도 익숙해진
알 수 없는 그늘이 수북하다
이러다 정들면 어쩌누
내 목소리에 놀라
나보다 더 놀래는 기색이 역력한
화들짝 꿈을 깨운다
생의 마디에서 틀에 갇힌
세상을 향해 함부로 고개 숙인 일 없는
제 몸 밀어 지렁이가 당도한
주검을 보고서야
살아 있음을 꿈틀 꿈, 틀, 느낀다

연밥

꽃에 덴 듯 애끓는 계절
침묵으로 흐르는
고요의 현絃을 켠다

수면 아래
염화시중의 미소인가
꽃의 화신인가

죽음보다 깊이
그 꽃에 들 수 있음은
솟대처럼 향기로운
무언의 말씀

연지엔 꽃불이 피어오르고
천 년 세월
꽃잠에 다다른다

길상사 민들레

바람을 앞세우고
길상사 계단을 내려온다
묵언 중이라는 푯말 아래
햇살 소복한 풀숲
대궁 끝에서 반짝이는 찰나를 본다

유체이탈
채비를 서두르는 민들레
하늘하늘 바람 되어
멈췄던 걸음을 옮긴다

작은 돌탑이 보이고
굽 낮은 하얀 자기그릇
발설하지 않은 비밀
그 안이 궁금하다

고물고물

숨죽인 흔흔한 목숨

어머니 자궁 속에 웅크리고 있는

나를

누군가 들었다 놓는다

텃밭에서 보았다

파꽃 위에
흰나비 앉았다

어렸을 때
엄마 머리에 꽂혔던
하얀 리본

오늘은
파를 다듬다 일없이 울었다

꽃무덤

새가 되어
훨훨 날아가고 싶다는
어머니

산수유
산수유
새가 운다

팔십 노모의 꽃그늘 아래
눈물로도 다 채울 수 없는
봄이 다녀간다

어머니에게
봄은
스무 살 막내아들이다

기쁨을 심는다

겨울 선인장
마치 먼 곳만을 바라보는 듯한
폐허의 구도이다

슬픔도 다하면 직립의
물기둥
방울방울 뜨거운 소통이다

아득한 시간
아플 때
가장 먼저
결가부좌 기도하시는

어머니
그 자리에
나를, 꾹 눌러 심는다

귀가

식탁 위에 저녁식사는 저 혼자 식어가고
수능이 끝난 지 하루도 지나지 않은 시각
티브이에서 흘러나오는 뉴스가 귀를 때린다
마음의 심지 까맣게 타들어가는
아이가 문을 열고 나오기까지 기다림은
몇 시간이었을까
모든 신경은 아이의 방문 앞에 다다른다
생체리듬은 자정을 훌쩍 넘고
달거리는 흔적도 남기지 않고 몸을 빠져나간다
엄마, 엄마는 어떻게 살 수 있어
현관을 들어서며 딸아이가 그녀에게 묻는다

넝쿨장미

10분 째 우두커니 빨강 신호등 파랑 신호등 켜
지고 빨간 우체통이 보인다 꽃잎 지는 소리에 뺨
붉게 물든 여자아이 몇몇 하얗게 웃으며 지나간다
초여름 창밖을 보다 수북하게 쌓인 추억을 접어 편
지함에 넣는다 와와 용수철처럼 튕겨 오르는 첫사
랑 그 먼 날들이 유월 담벼락에 꽃불을 지른다

마당에서 아버지가 성냥불을 긋고,

달개비꽃나비

날개를 펴고
거미줄에 오롯이 한 생이 저문다

계단을 오르다
바위 속에서 파르르 꽃잎 떨리는 게 보이고

수계식이 이어지는 법당 안
손가락 사이로 빠져나가는 시간의 너울이 탄다

저기, 깊고 하늘하늘한 적요
쪽빛바다를 물고 바다를 건너가는 나비

풍경은 겹쳐있다

산이 있습니다

굽이굽이 뻗어나간

길 끝에

바다가 있습니다

내가 서 있습니다

한 편

한 편

풍경 아닌 것이 없습니다

풍경은 두고 모두 지웠습니다

제3부

하늘공원 나무의자

하늘공원 오르다 보면

더러 옹이가 만져지는 나무의자

할 말이 있는 듯

햇살 아래 앉아있고

길은 저만치 봄 마중 간다

산수유 꽃불 댕기고

생강나무 토닥토닥 봄을 두드리고

봄은 소리로부터 온다

버드나무 긴 머릿결 주렴을 드리운다

하늘공원 나무의자

쉬어가라고

따사로운 자리 내어주는

어릴 적 외할머니 손등 가만가만 만져본다

이상도 하지

비 오는 날은

무늬 선명한 목판본 같아

누군가 빗소리 들여놓고

편지를 쓸 거라는 생각이 들어

그리움으로 눌러 쓴 이름

네모난 교실에선

물푸레나무 냄새가 나

텅 빈 운동장

비에 젖은 나무 궁금해지기도 해

비가 오는 날은 이상도 하지

아이처럼 착해지는 거 있지

나는 그래, 너는?

우리

옆집으로 이사 온
동갑내기 중학생

됐어 뭐가 티격태격

달리는 시간의 궤적
덜컥 역마다

무릎이 꺾이고 합장하는

이순을 맞이한다
한집에서

선사시대에서 만난 그대
– 연천 전곡리 선사유적지에서

비에 씻긴 하늘

가까이 푸른 문을 열어 두고

연천 전곡리 선사시대를 맞는다

눈앞에 펼쳐진 움집 저토록 순박한

그대를 만날 수 있어 행복하다

오늘은 어제의 밑그림

시간의 두레박은 아무리 늘려도

바닥에 닿지 않는 우물 속 무늬 없는 토기

24시간 십자수 놓듯 한 땀 한 땀

오늘을 그려 넣는다

묵은지를 넣어주고 가는

살가운 막냇동생이 웃고

퇴근시간이 있고

버스를 기다리는 편의점 앞 정류장 보인다

밀보리가 여물기 시작한다는

소만 날이 맑다

그 사이를 오가는

강가에 물풀 같은 우리들
언어 이전의 언어를 나눈다
사랑한다는 말속엔
천년을 두고 흐르는 강이 있다

독도 지도

나의 조국은 대한민국
나의 이름은 독도

물속 깊이 뿌리를 박고 움직임이 없나니
태극무늬 받침돌에 독도우체통 지표가 되고
핏줄인 듯 길을 따라 우편번호는 40240

그 길에 무궁화 피고
영희 철수 아버지 어머니
대대손손 혼불로 솟아오른 한반도의 영토여

대한민국 땅
세상사람 모두 앎에 있어 내 오늘은
시의 언어로 진실을 토하는구나

신라장군 이사부도
천지간에 소리쳐 너희가 아느냐

허공을 가르며 높이 손을 치켜들 제

불덩이 같은 태양
동해의 푸른 물 위로 낙관을 찍는다

숭례문 전상서

마음이 움츠려드는 건
영하 12도를 웃도는 동장군 때문이 아닙니다

국보 1호 숭례문이 전소 되다니요
그게 말이 됩니까
서울 한복판에서
불똥이 잘못 튀었겠지요

아니라면
그게 아니라면
그건 거짓말이어야 됩니다

국난도 비껴간 그대를
지켜주지 못한
참담함을 두 눈 뜨고 봅니다
난파선이 되어
불바다 속으로 침몰하는
숭례문이여—

차마 부끄러워 말문이 막히고
꽁꽁 얼어붙은 발길 떨어지지 않아
자꾸만 돌아봅니다

아이를 감싸 안고 우는
젊디젊은 어머니의 오열
그 황망한 눈빛을 보셨는지요
허물어진 시간을 복원할 수 있는지요

하얗게 휘장이 쳐진 그대 앞에
고사리 같은 손길로
국화꽃이 놓여 있습니다
……, 묻고 있습니다

* 2008년 2월 10일~11일 숭례문방화 사건
  (二千八年崇禮門放火事件)

섞임에 대하여

아리울에 와서 보네
바다에 육지가 생기네
방방곡곡에서 불려왔을 흙덩이
불문곡직 새만금으로 불리네

섞임에 대하여
물메아리 철썩 처얼썩
푸른 죽비를 드네
방조제는 유유히 길을 내네

십리도 아니고 백 리
변산에서 비응도에 이르는
바다가 육지라며
물의 깊이로 관통하네

나를 다 드러내는
네가 되는
사랑이 아니고서야 눈을 뜰 수 없네

선인장꽃

휴화산 같은 정적
예측불허
그러나 안으로 불타는
푸른 물기둥
기암절벽이 솟는다
풀 한 포기 자라지 않는
불모의 땅
가장 오래된 꽃이 핀다
기쁨과 슬픔이 섞여 피어
마디마디 푸른 피가 도는
상처 없이 피는 꽃은 없다
빼곡한 침엽수림 사이로
태양이 뜰 무렵
가장 화려한 꽃이 핀다

보고 싶다

공원 벤치에

마음 내려놓고

풍경이 되어 풍경을 바라본다

엄마와 아이

아이가 두 손을 들어 머리 위로 동그라미를 만든다

─하늘만큼 땅만큼 우주만큼

그래 그만큼, 보고 싶다

엄마에게

보고 싶다는 말에 날개를 다네

편지야, 우리 집 가는 길

은빛마을을 따라서

금빛마을을 따라서

봄 햇살 같은 엄마에게

딩동,

편지, 왔어요

항아리

잘 익은 열매 같았다

어머니 손길에 반들반들 윤나는

항아리를 보며

저 단단한 껍질 안에 무엇이 있을까

를 생각한다, 생각은 멈추지 않고

항아리 뚜껑을 열려다

소중한 무게에 겁이나 궁금증을 덮곤 했다

겉이 단단하면 단단할수록

안으로 정이 넘치는

어머니 같은

그때부터 항아리와 둥지

무엇을 품는다, 로 읽혀진다

꽃이 품은 자리에 청매실

뜨거움을 삭히고

매실 속 푸른 말들은

보이는 것과

보이지 않는 것과

그 경계에 떠오르는 향기 가득하니

나를 다 지우고 남은

시 한 편의 무게가 저렇듯 맛이 들어

항아리에

무엇을 품는다는 말엔 맑은 향기가 남는다

파랑새 민박집

닭울음소리 어둠이 걷히고
산 아래 파랑새 민박집
마당으로 부는 바람 차고 맑다

산수유 열매는 꽃 같다고
새들이 지저귀고
마당을 가로지르는 빨랫줄
새들이 음표로 날아간다

산마루에 오른 겨울 해
알을 낳는다
야야, 야야,
서울서 다니러 온 손녀를 부르는

민박집 할머니 손엔 어느새
하얀 금계 알 두 알
얼었던 강이 풀리고 햇살이 퍼진다

슬픔엔 모서리가 없다

문을 열다,
냉장고 안에 싹을 틔운
가슴 한 켠을 지그시 눌러본다
조금씩 껍질만 남아가는
겨울양파
가장 뜨거운 그늘에
어린 봄이 자란다
바라보면 너무나
작고 여린 것과
스러져가는 것과
나도 모르게 눈물이 돈다
산다는 건 어쩌면
어둠을 사르는 심지 끝에
점점 헐거워지는 모습
쓸쓸하고 따스한
오랜 슬픔의 집
그 집엔 모서리가 없다

노인병동

노인병동 F층 어머니의

파리한 이마 짚어보다가

뺨에 입술 대보다가

표정을 잃어버린 채

창밖으로 보이는 북한산에서

온 산에 퍼져나가는 실핏줄 같은

기억을 밟으며 오시는

정상에 이르러 몸을 곧추세우고

너럭바위에 앉는데

회숙아, 복 받고 살아

회숙아, 복 받고 살아

아득한 메아리 골짜기를 메우고

어머니 품을 떠난 침대 모서리

산이 그린 고요의 가르마

어둑어둑 나무 한 그루

이제 그만 내려가라

북한산은 비를 뿌리며

내 등을 밀어내고

어머니는 아직 어디쯤에서

선풍기 소리만 고르게 돌아간다

완전변태

시작부터
이별을 지워버린 만남
이유로 인하여 이별이라는
통로를 만든다, 아니
원환圓環의 궤적을 따라
밖으로 향하는 속성
해독되지 않는 난수표

사방으로 포위된 시선
실마리를 찾는 불빛 아래
완전변태를 꿈꾸는 나방이
난다, 날아갈까
세상 바깥으로…

뽀얗게 어둠에 갇힌 이후

오이도

바다 가까이 전철이 멎는다

빨간 등대가 보이는

오이도 갯벌 하늘가

명주실 올올이 풀어 올리는

황금빛 흥건한 낙조

파도소리 멀리 들려오고

돌쭐산 소나무

사람들도 서로서로 말을 아낀다

햇덩이로

뜨겁게 식어가는 서해바다

옥구공원 정상에

누가 있어

혼불 같은 너를 안고 해금을 켠다

난간 위의 팽이

엄마가 그러셨죠

사막에 갖다 놔도

돌아올 거라고

산꼭대기에 갖다 놔도

거뜬히 살아낼 거라고

그런데 말이죠

사계절 편편한 도심의 한복판

살기 좋은 이 땅에서

수백 번도 더 엄마 딸은

제자리를 돌다 작아질 뿐

어지러워요

거대한 수족관의 유리벽

거리를 유영하는 자동차

우수한 두뇌로 넘치는 실직

일 년 내내 거룩한 행사

날개 돋친 난지도

짱짱한 대낮에 온갖 거 다 보고

무엇을 회임했기에
속이 울렁거리는 건가요
중심 깊이 쇠를 박고 흔들리는
눈앞이 아찔한 건가요
엄마는 언제나 알고 계시죠
어릴 적 그때처럼 묻고 싶어요

제부도 바닷길
– 물의 노래

    흘러가는 것은 아름답다는 시인의 말처럼 사랑하는 사람들의 만남과 헤어짐도 이만큼 진실했으면 싶으리 물을 따라 길을 걸으며 하루에 한 번은 넘게 서로 바라보고 일상의 안부 궁금해 굽이굽이 가슴복판으로 길을 열어두리라

    페선처럼 낡은 버스를 보거든 하루에 몇 번씩 제부도 오가는 까닭이야 묻지 않아도 좋으리 섬과 섬 사이에 머무는 마음 그림을 그리듯 옮길 수는 없는 일 가로세로 허공을 다듬어 낮달 하나 바다에 띄우리

    물 위에 찍힌 발자국 지워질리 있으랴 서로에게 스미어 이렇듯 혼곤하게 하나가 되리 흘러가는 시간을 돌아보며 물의 노래 부르리 흘러가는 것은

자유롭고 당당해야 하느니 우리 언젠가 떠나야 할

때 이별을 목전에 두고 조금은 쓸쓸한 생각에 잠

겨도 좋으리

수련 피었다

집 근처 관곡지에 들렀다
우산 속에서
빗소리에 걸음 멈춘다

떨어지는
줄기 따라 물방울 연연히
수련 피었다

꽃은 꽃 속에서
수없이
피었다 지는 마음자리

마음 지면
마음 있는 곳에
경계를 두어 무엇하리

수심으로 함께 흐르라 한다

옹이

　백운대 가는 길 절벽을 딛고 서 있는 굴참나무 어느 생에선가 만났다 굳은살 박인 그 자리 꾹꾹 누를 때마다 깊고 환한 상처 밖을 내다보며 허허 웃고 계신다

　짊어진 걸망을
　가던 길에 내려놓고
　탁발 중이다

　포대화상의 불룩한 배를 쓰다듬는다

　허허허
　만월공산이 들썩인다

옷 한 벌

이슬이 옷을 입는다
거미줄에 걸린 나를 무심히 들여다본다

칠흑 같은 어둠 촘촘히 박음질해 놓고
보이지 않는 바람에게 숲이 말을 건넨다

가슴 부풀리는 건 조심해야 해
가난한 사람 마음 놓고 입을 수 있어야 해

생각이 기우는 쪽으로
씨줄과 날줄 날개옷을 펼친다

이제 막 바람은
까치발을 하고 행간을 빠져나간다

제4부

새는 말한다

수식어 없이 쓴 문장
덩굴손이 허공을 감아올리는 창가
환하게 소란스럽다

이 가지에서 저 가지로
소리에 귀를 묻으니 바람으로 흩어지고
마음의 경계 끝 간 데 없이 고요해지고

입 속에서 새가 운다
ㄹㄹㄹㄹ
자꾸 꼬이는 혀를 만져보는 건

내 말로
내 모국어로 한번은 꼭 받아 적고
허공 저 어디쯤 찍혀있을 소리 그리고 싶다

별똥별

자리에서 일어나 큰일을 본다
어렸을 때 뒷간 가는 길
무서움이 보초를 선다
파리한 새벽이면 무서움 달래려고
허리에 두 손을 얹고
바라보면 빙 둘러 산이다
그래 그래
어디 사람만 똥을 눈다더냐
저기 저길 봐라
하늘가에서 누군가
무더기 무더기 큰일을 본다
그 위에 하루가 열린다
누군가 구름이면 어떻고
잎사귀에 말라붙은 새똥 애벌레면 어떻고
어디 사람만 똥을 눈다더냐
앉아서만 똥을 눈다더냐
그리고 참을 수 없는
큰일이란 게 어디 이쁜이겠느냐

뭐라 하지 않겠지요
— 영랑 생가에서

시인의 집에서
이렇듯 행복하기는 처음이어요
마당 가득 햇살이 향기롭고
까닭이야 물어 무엇 하겠는지요
오늘은 봄도 지난 유월 열엿새
이름 없는 날 찾아왔어요
웃다 웃다
내 마음에 눈물 맺힌다고
뭐라 하지 않겠지요
담쟁이넝쿨 순하게 일렁이고
돌 안에 꾹꾹
숨소리 새겨두신 곳
유월 들녘엔 삐비꽃 하얗게 흔들려요
하늘 가득 담겨오던
살구나무 옆 새암은 무덤처럼
고요히 고흔봄 길우에* 있어요
초록에 지쳐 꽃들이

목젖이 보이도록 웃는다고

눈가에 이슬 맺힌다고

지금, 나무라지 않겠지요

자화상

막잡아 올리거나 얼리지 않은 것은 생태/ 갓 잡인 선태/ 마른 건태/ 겨울에 나가나 냉동되는 얼리면 동태/ 고온 건조된 흑태/ 3~4월 봄에 잡이는 춘태/ 끝물에 잡인 막물태/ 음력 4월에 잡인 사태/ 오월에 잡인 오태/ 가을에 잡인 추태/ 명태를 말린 북어/ 배를 갈라 만든 짝태/ 겨울철에 찬바람에 얼고 녹기를 반복에 마른 겨 황태/ 노란색이 나는 겨 노랑태/ 소금에 절인 간태/ 반건조 상태로 코를 꿴 코다리/ 새끼명태 노가리/ 큰 명태 왜태/ 어린 명태 아기태/ 덕장에서 황태를 말릴때 날씨가 따뜻에 물러진 찐태/ 기온차가 커서 아양게 마른 겨 백태/ 수분이 빠져 딱딱하게 마른 겨 깡태/ 몸뚱이가 제모양을 잃어버린 파태/ 잘못 익어 속이 붉고 딱딱에진 골태/ 머리를 떼고 말린 겨 무두태/ 유자망 그물에 잡은 겨 그물태/ 낚시로 잡은 겨 낚시태/ 주낙으로 잡은 겨 조태/ 원양산 명태와 동해안 명태를 구분을 위한 이름 진태/ 간성에서 잡인 간태/ 강원도에서 잡인 강태/ 산란을 한 직후 뼈만 남은 꺽태/ 명태가 금처럼 귀한 어중이 되었다고 금태

자료:국립수산과학원

96

아기가 생겼어요

지금까지 그런 것처럼

묻지 않아 말하지 않을 뿐

달이 차면 아기를 낳아야 해요

곁을 스쳐간 바람

눈치 채지 않도록

꼭꼭 입 다물지 않았는데

산이며 어둠이며 슬픔에게

아직 말하지 않았는데

자꾸만 밖으로 나가려는 아기를

망설이지 않아요

산고의 고통보다 더한

두려움과 부끄러움이

절정으로 치닫는 새벽

이름을 갖는다는 것은

혼자서도 달이 차면 가슴에

아기가 생겼어요

날 쏙 빼닮은 울음 문밖에서 들려요

해바라기

햇빛이 물의 깊이로 앉아있는 강가에요 사이프
러스 나무 그늘 너무 좋아 오는 길 돌아보지 않고
홀로 걸어 들어가요 잘 여문 해바라기 씨앗들 이내
싹이 트는 거기 덩그런 나무침대와 의자 두 개 불
안의 진홍색 이불과 흔들리는 그림들이 문을 노크
하는 나의 침실이라는 걸 당장 알아차렸지요

지나왔을지 모를 론강과 저마다 꽃장식을 달리
한 마을 한때 돌아보면 맨발로 춤을 추는 시간의
지층에 꽃은 피고 폭염 가까이 해를 안고 수직으로
타올라요 까마귀 나는 밀밭으로 어둠은 덩굴처럼
기어오르고 지나간 시간도 이 길에 머물러요

그림 속 우아즈 강 위에 오베르 마을 반 고흐의
집 나무계단 보여요 소리가 되지 못한 울음과 밤하
늘 까맣게 비추는 별빛과 테오에게 보낸 편지 언젠
가 나도 카페에서 전시회를 열 수 있는 날이 오겠

지* 잃어버린 소리들이 맴도는 방이에요

그** 자리에 나를 걸어요

*1890년 6월 10일 동생 테오에게 쓴 편지글이 **고흐의
방 한쪽 벽에 붙어있다.

도라산역

멈춘 채로 벌겋게 녹슨, 한 잔 낮술에 불콰해진 아버지, 지워진 흔적을 찾아 환한 울음으로 도라산역 아득한 시간이 피어난다

하얗게 기울어진 낮달은 길 위에 빈집으로 조용하다 입속말이 되어 불러본 이름, 허공을 부둥켜안은 적 한두 번일까 덩굴이 덩굴을 붙잡고 벽을 넘는다

그날이 오면 제일 먼저 기차표를 끊겠다던, 늙으신 아버지 오늘도 고향으로 가는 기차 안에서 눈을 감는다

통일전망대에 핀 찔레

가슴에 묻은 이별
찔레꽃 핀다
야윌대로 야윈 기다림 낯설지 말라며
피고 지는 하얀 산그늘

향기조차
빛바랜 사진 한 장
하얗게 하얗게
손끝 먼저 만져지는 까닭모를 아픔

통일전망대 저 너머
생사를 묻는
명치끝에 가시 같은 약속
찔레, 너를 부르며 강을 건넌다

소록도 보름달

달그림자 비친다
대리석을 깎아놓은 듯
아파트 옥상 위에 달이 떴다
내가 만난 달은
지난여름 폭염주의보에
조금은 이지러진 달빛
바다 건너 잘 가시라고
또 오시라고
소록우체국 계단에서
말없이 한참을 서서 배웅하던
핏기 없는 파리한 얼굴
깊이를 알 수 없는 슬픔은
바다 가운데 보름달로 떠오르고
한줄기 보리피리 소리
사슴섬 짙은 고요를 흔든다

꽃

길을 가다 꽃을 보았다
소똥이다
모락모락 김이 오른다
길 끝에 과수원이 있다
사람들 무시로 다니는
밤낮으로 하늘이 내려다보는
풀잎 뒤척이는 길 위에
똥을 보았다
어디선가 굴러온 돌멩이
딴청을 부리면
철퍼덕철퍼덕 귀쌈을 올리듯
뜨거운 속 꺼내놓고 가는
뒤가 향긋한 꽃을 보았다
만질 수는 없다
소가 사라진 길 끝에
과수원이 있다
보름달 뜬다

상처는 꽃이야

이맘때가 되면
겨울을 건너온 가지마다
작은 어깨를 들썩이는 눈물샘
봄을 기다린다

잠깐 눈 돌린 사이
바람의 간격에서 꽃망울 터지고
나무는 나무대로
한쪽으로 가만히 기운다

고요에 기대어
생각이 번지기 전에 앞뒤 돌아보라고
겨우내 접질리고 부러진 자리
가슴 높이로 들어 올리라는 당부

그리고 보면
얼마나 회화적인지

화폭 밖으로 소리 없이 떨어지는 꽃잎

가지 끝에 머문 연둣빛 봄을 클릭한다

운동장

너희가 오기 전에는
나무 그림자 하나 자라지 않았다
오늘을 산다는 것은
생명이다 어머니 자궁이다
공이 머리 위로 뻥뻥 솟구치고
높은 울타리 대신
키 작은 나무 몇 그루 심는다
가로등 비치는 웅덩이에
다리가 긴 소금쟁이 불러놓고
너희가 제일 먼저 찾아오는
가슴복판으로 간다
계단에는 책가방과 신발주머니
삐뚤빼뚤 놓여있다
너희는 삼삼오오 형형색색
웃음소리 데굴데굴 구르다
두 팔 벌려 수화를 나눈다
달아나는 봄빛 불러 등꽃을 건다

여름 보고서

바람의 중심에서 숨죽이고 있어요
건조대에 걸린 눅눅한 일상이
입단속을 하네요
냉수욕에 삼베 홑이불 뒤집어썼지만
고열로 들뜬 오후가 소리쳤어요
전기드릴로 나사못 조이는
창밖을 내다보면
잎맥 무늬로 남은 나뭇잎 하나
허공에 박혀있어요
오직 한 사람을 위하여
이처럼 간절히 울어줄 수 있을까
여름 한가운데 스콜squall이
땡볕을 쏟아내는 매미 등을
한바탕 두드리고 지나갈 때
바로 코앞에서 들리는
원시의 동음어로 여름 보고서를 썼어요

나를 갖기로 했어

햇살 투명한 날 거울 뒤에서도 내가 보여 가만히 있을 수가 없어 전생을 알아버린 것은 순전히 날씨 탓이지 접히고 구겨진 표정 없는 우울 이제야 바로 볼 수 있을 것 같아 겨울 햇살 그가 비쳐준 나를 갖기로 했어 눅눅하게 젖은 속내 다 드러내서 말리고 싶어 지나간 시간 구석구석 털어내고 싶어 잊어버린 귀이개 백 원짜리 동전 투명 볼펜이며 먼지는 먼지 속에서 안전했어 구부러진 옷핀 크든 작든 생긴 거라곤 죄다 아늑하고 깊숙한 모서리에 알처럼 슬어있지 부끄러움이 꿈틀 쳐다보네 하마터면 아아 하고 소리 지를 뻔했지 햇살 속으로 떠다니며 가벼워지고 싶어 세상일에 귀먹고 눈 감은 날 그리워지겠지 이상기온이 며칠 더 이어진다나 봐 한 줌 먼지가 된 전생을 믿기로 했어

서가 앞에서

　수많은 묘비명을 읽는다 행간과 행간 사이에 촘촘히 써 내려간 숲 저녁 물결로 일렁이는 가지 끝 솔바람 고요하다 물관을 타고 흐르는 시계의 초침소리 시간은 시간 밖에서 돌아오지 않고 뻐꾸기 울지만 벽시계는 무료함을 잊지 않는다 독수리를 쪼다 놀란 까마귀, 뻐꾸기다 본능은 특혜에 가까운 변명이며 가난한 서가 어디쯤에서 깨어있는 하늘 보인다 이제 그만 들키고 싶다 철저히 삶속에 풀어져 수직으로 자라나는 죽음 세상에 없는 이와 얼굴을 익힌 이와 목어의 눈부심 뼛속까지 내려가 탁본한다

나무이야기

경계에 서서 길은 꽃잎을 셉니다 하나 둘 곧게
뻗은 은행나무 잎잎이 팔작지붕 처마로 이어지고
한옥마을 그림자 퍼 나릅니다 가지에 새를 앉히듯
누구를 기다린다면 느티나무 근처입니다 나무가 있
어 길은 얼마나 풍요로운가 낮과 밤이 감겼다 풀립
니다 늦은 귀갓길 수많은 소원을 담은 보름달도 바
라보기에 따라서는 한 그루 나무 빼곡빼곡 불러 세
우는 숲에서 산비둘기 울음 꾸우욱 꾸욱 소인을 찍
으며 나무이야기는 마침표가 없습니다 우듬지 가까
이 둥지는 원을 그릴뿐 높이 쏘아올린 드론이 풍경
을 부풀리며 날아갑니다

수식어는 구속이다

박쥐 한 마리

칠흑 같은 어둠을 불침번서다가

먹고 자고 가만히 있어도 속 시끄러운 날

거꾸로 매달린다

리모컨을 누르니 칠흑 같은 어둠

동굴이 따로 없다

그 이상의 수식어는 구속이다

국수역에 가면

100년 넘은 교회당 종소리 강을 건넌다

물그림자 아련히 떠오르는

골목 골목 나뭇가지를 뻗는다

지워진 많은 날들이 내 생의 가장 낮은 곳에서

기억을 건져 올리며 아버지가 보고 싶다

소리가 되지 못한 목울대를 넘나드는 노을

현실과 이상 사이에서 기우뚱거리던 걸음은

법 없이도 사실 분이라고

어린 내 귀에도 딱지가 앉는다

아버지는 달리 말씀이 없으시다

끝도 없이 시간은 풀리고

때마침 내리는 빗줄기

하늘이 먼저 동네 어귀에 닿는다

국수를 먹으며 아버지 눈앞이 흐려진다

국수역에 가면 낮은 담 위로 바람 불고

그 많은 날들이 따라와 한 그루 나무 비에 젖는다

언변言辯

무슨 꽃을 먹었나
오늘은 말마디에서 향기가 난다
속이 편안하다

겹겹의 이미지와 새로운 시법詩法의 모색

김철교 | 시인 · 평론가

유회숙 시인의 네 번째 시집 원고를 받아들고 놀란 것은 실험 정신이랄까 끊임없이 새로운 이미지를 창조하려고 무던히 애를 쓰고 있다는 것이었다. 이번 시집은, 이미 발행된 세권의 시집 에서 선정한 40편과, 새로 쓴 시 40편으로 편집된 시선집이라고 할 것이다. 그만큼 유회숙 시인의 시세계를 전반적으로 잘 보여 주고 있는 시집이다.

시인을 보면, 삶의 시인과 기교의 시인, 즉 삶 자체가 시인 경 우가 있고, 시와 삶이 따로 노는 경우가 있다. 이를테면 다윗의 시편은 삶 자체가 시라고 할 수 있다. 오늘날 적지 않은 수의 시 들이 기교에 휘둘려, 시인의 향기를 딱히 이렇다고 보여주지 못 하고 있다. 시인의 체취를 느낄 수 없다는 말이다. 젊었을 때 기 교로 출발하였지만 원숙한 삶의 시를 쓰는 시인이 있는가 하면, 반짝 사람을 놀라게 하는 시를 들고 나왔다가도 그저 사라져 버 리는 시인들도 많다. 대개 지천명知天命일 때부터 쓰는 시는 비 록 기교가 서툴러도 삶의 진정성이 있어 좋다.

유회숙 시인의 시는 한마디로 삶을 푹 고아서 우려낸 진국의 시詩라 할 수 있을 것이다. 설익은 시가 아니라 원숙한 시인으로서의 면모를 유감없이 보여주고 있다. 맛깔스런 유회숙 시인의 시 중에서 필자의 마음에 와 닿는 시 몇 편을 감상해보고자 한다.

1. 불교적인 이미지

시인은 제3시집(『나비^1 나비^3』, 시문학사, 2009)에서 불교적 이미지를 많이 사용하였고, 이번 시집의 제목 『국수사리 탑』도 제3시집에 실렸던 「은행나무 목탁」에서 가져온 것으로 보면, 불교 쪽에 상당한 관심을 가지고 있는 것으로 보인다. 구태여 불교 신자인지 아닌지는 따질 필요가 없겠다. 필자는 우리 민족에게 불교는 종교라기보다 삶의 일부라 생각하고 있다. 적지 않은 우리 문학과 예술은 불교의 향기가 배어있다. 아마도 오랫동안 불교가 우리 정신세계를 지배해온 역사적 배경 때문이리라.

어떤 종교적인 언어와 이미지를 사용한 시詩라하여 종교시라고 구분할 필요는 없다. 직간접 포교를 위한 시라면 종교시라 분류할 수도 있겠으나, 어떤 종교적 이미지가 있다 해서 그것을 종교시라고 분류하지 않아도 될 듯싶다.

모든 종교의 교리는 대부분이 비슷하여, 인간 삶의 지혜와 방향을 말해주고 있다. 일부분만이 달라서, 어떤 종교는 유일신을 따르며, 어떤 종교는 다양한 신을 숭배한다. 불교는 우리 모두가 정진하면 부처가 될 수 있다고 하여, 그 반열에 들기 위해 수련을 계속한다.

유회숙 시인의 시 중에서 불교의 그림자가 깃든 시를 살펴보자.

한데에서 나무 가까이

무쇠솥이 걸리고

불길로 활활 불타오르는 아궁이

사바세계

자욱한 김 걷히고

잠시 후

그릇그릇 국수사리 탑이 쌓인다

절 안이나

절 밖이나

계절은 늦가을

천년고찰

은행나무 잎 진 가지에는

종종종

은행알

지나가던 바람

불사가 한창이라고

은행나무 목탁을 친다

　　　－「은행나무 목탁」 전문

　"사바세계/ 자욱한 김 걷히고/ 잠시 후/ 그릇그릇 국수사리
탑이 쌓인다"는 구절은, 불교에 정진하여 사바세계를 벗어나 해
탈의 경지에 이르는 것을 말하는 듯싶다. "천년고찰/ 은행나무

잎 진 가지에는/ 종종종/ 은행알/ 지나가던 바람/ 불사가 한창
이라고/ 은행나무 목탁을 친다"에서는 은행나무 잎이 지고 난
후 은행들만 달려 있는데, 바람이 불면 이 열매들이 서로 부딪
혀 목탁소리를 내고 있는 것으로 묘사하고 있다. 시인의 귀에만
들리는, 불자만이 들을 수 있는 소리겠다. 세심한 관심과 예술적
감성이 어우러져 시로 그려지고 있다.

　　바람을 앞세우고

　　길상사 계단을 내려온다

　　묵언 중이라는 푯말 아래

　　햇살 소복한 풀숲

　　대궁 끝에서 반짝이는 찰나를 본다

　　유체이탈

　　채비를 서두르는 민들레

　　하늘하늘 바람 되어

　　멈췄던 걸음을 옮긴다

　　－「길상사 민들레」 부분

　바람을 앞세우고 길상사 계단을 내려 올 때, 민들레 대궁 끝에
핀 하얀 민들레 홀씨에서 찰나를 본다. 노란 꽃이 핀 후 금방 홀
씨로 변하는 것을 찰나라 할 수도 있고, 민들레꽃 혹은 홀씨 끝
에 앉아 있는 이슬의 아름다움이라 해도 좋겠다. 유체이탈을 서
두르고 있다. 이 세상에 잠시 머물렀던 걸음을 옮기려 한다. 미

지의 세계로의 여행은 바람에게 맡긴다. 마음에 낀 세속을 다 씻고 이제 훨훨 어디든 날아갈 수 있는 것이다.

2. 새로운 시법詩法의 모색

언어는 항상 변하기 마련이고, 시인의 시상이 종이에 써지는 순간부터 변하기 시작한다. 시인의 경우에도 오늘 쓴 시가 내일 읽으면 그 맛이 다르고, 시인이 요리한 언어의 성찬이 독자의 입맛에 맞지 않은 경우도 있기 마련이다. 불변의 가치는 물론, 불변의 진리조차 인간에게는 허락되지 않았다.

언어의 카멜레온적 성격을 다독이고자 여러 가지 기법이 등장한다. 특히 현대는 모든 예술이 아이디어에 휘둘리는 시대이다. 독특한 소재와 난해한 기법을 들고 나와 반짝 주목을 받았다가 사라지는 경우가 허다하다. 한때 비난과 무시를 당했던 작품들이 명작으로 자리 잡은 예도 적지 않다. 고흐의 독특한 기법이 당대에는 외면 받았지만 지금은 미술계의 전범典範이 되었고, 이상李箱의 시가 당대에는 신문연재를 중단할 정도로 비난을 받았지만, 지금은 이상의 시로 석·박사학위를 받는 사람들이 홍수를 이루고 있지 않은가.

새로운 것을 모색하는 것은 인간의 운명이다. 신의 영역을 훔쳐보려는 것이다. 인간은 바벨탑을 쌓더라도 끊임없이 새로운 세계를 탐험하려는 것이 근본 속성이다. 그 첨병역할을 하는 것이 시인이다.

유회숙 시인은 디카시(「선인장꽃」)와 구체시(「자화상」 등)를 활용하여 언어의 한계를 극복하거나, 그림(혹은 사진)과 시의 상호 시너지 효과를 얻으려 노력하고 있다.

디카시는 디지털 카메라에서 포착한 영상과 시의 조합이다. "디카시에서 영상과 문자는 둘이 하나의 텍스트성을 구축함으로써 둘은 더 이상은 각각의 독립성을 지니지 못한 화학적 결합이다."(이상옥,『디카시창작입문』, 북인, 2017, 83쪽).

휴화산 같은 정적
예측불허
그러나 안으로 불타는
푸른 물기둥
기암절벽이 솟는다
풀 한 포기 자라지 않는
불모의 땅
가장 오래된 꽃이 핀다
기쁨과 슬픔이 섞여 피어
마디마디 푸른 피가 도는
상처 없이 피는 꽃은 없다
빼곡한 침엽수림 사이로
태양이 뜰 무렵
가장 화려한 꽃이 핀다
－「선인장꽃」전문

「선인장꽃」에서는 유회숙 시인의 시와 박홍순 화백의 그림 사진이 함께 등장한다. 디카시에서는 시와 사진의 화학적 결합을 중요시하지만, 유회숙 시인의 「선인장꽃」에서는 그림과 시의 화학적 결합이라기보다는, 상호보완적인 관계를 형성하고 있다. 그림 사진이 없다 해도 시의 형상화가 훌륭하기 때문에, 꼭 있어야 하는 것인지에 대해서는 일말의 의문이 들지만, 새로운 시도를 했다는 점에서 긍정적이라고 할 수 있다.

막잡아 올리거나 열리지 않은 것은 생태/ 갓 잡힌 선태/ 마른 건태/ 겨울에 나가나 냉동되는 얼리면 동태/ 고온 건조된 육태/ 3~4월 봄에 잡히는 춘태/ 끝물에 잡힌 막물태/ 음력 4월에 잡힌 사태/ 오월에 잡힌 오태/ 가을에 잡힌 추태/ 명태를 말린 북어/ 배들 갈라 만든 짝태/ 겨울철에 산바람에 얼고 녹기를 반복에 마른 것 황태/ 노란색이 나는 것 노랑태/ 소금에 절인 간태/ 반건조 상태로 코들 꿴 코다리/ 새끼명태 노가리/ 큰 명태 왜태/ 어린 명태 아기태/ 더장에서 황태를 말릴때 날씨가 따뜻에 물러진 찐태/ 기온자가 커서 아얗게 마른 것 백태/ 수분이 빠쳐 딱딱아게 마른 것 깡태/ 몸뚱이가 제모양을 잃어버린 파태/ 잘못 엮어 속이 붉고 딱딱해진 골태/ 머리들 떼고 말린 것 무두태/ 유자망 그물로 잡은 것 그물태/ 낚시로 잡은 것 낚시태/ 주낙으로 잡은 것 조태/ 원양산 명태와 동해안 명태를 구분을 위한 이름 진태/ 간성에서 잡힌 간태/ 강원도에서 잡인 강태/ 산란을 한 직후 뼈만 남은 꺼태/ 명태가 금처럼 귀한 어중이 되었다고 금태

　　　-「자화상」 전문

　특출한 것은 「자화상」이라는 구체시라 하겠다. 구체시(具體詩, concrete poetry) 혹은 구상시具象詩란 시의 본문이 시각적인 형태로 제시되는 시를 말한다. 이미 BC3세기부터 그리스 시인들이 활용했다고 전해지며, 말라르메(1842-1898)의 「주사위 던지기」 아폴리네르(1880-1919)의 「칼리그램」과 「비가 내리네」 등이 잘 알려져 있다. 우리나라에서도 몇몇 시인들이 구체시를 시도한 적이 있었다. 이들 작품은 문자의 시각화를 특징으로 하고 있는데, 문자가 의미를 전달하는 수단에만 그치지 않고 그 자

120

체가 시의 의미를 구성하는데 도움을 주고 있다.

「자화상」의 특징은 문자의 시각화뿐만 아니라, 자료집의 글씨 사진을 그대로 복사하여 훌륭한 시로 창작한 것이다. 마치 앤디 워홀(1928-1987)이 통조림 깡통들을 그대로 사용하여 미술작품을 만든 것과 같은 방법이다.

아서 단토(1924-2013)는 워홀의 「브릴로 상자」가 등장한 이후에, 미술은 르네상스 이후 이어졌던 흐름이 완전히 바뀌었다고 주장하고 있다.(『예술의 종말 이후』, 이성훈 김광우 역, 미술문화, 2012. 13쪽). 단토는 미술의 개념은 바자리(1511-1574)가 『이탈리아 르네상스 미술가 전 (Le Vite de Piu Eccelenti Pittori. Scultori et Architeili Italiani, 1550)』을 쓴 르네상스 때에 비로소 일반적으로 인식되어 미술사가 시작된 것으로 보며, 바자리 이후 1964년까지의 서양미술사를 하나의 르네상스 패러다임에 비유했는데, 이 전형이 1964년 워홀의 「브릴로 상자」가 등장하면서 종료되었다고 본다. 1965년부터를 '서양미술사 이후'의 시기로 인식하면서, 예술가는 이제 모든 형식과 도그마로부터 자유로워졌고 예술가의 유일한 역할은 '예술 자체의 본질을 탐구하는 것'이라는 입장이다. 버려진 깡통이 쓰레기통에 있으면 쓰레기이지만 갤러리의 전시대에 있으면 예술이 될 수 있다는 것이다.

유희숙 시인은 국립수산과학원 자료를 그대로 복사하여 가져다가 제목을 「자화상」이라고 붙여 훌륭한 시가 되었다. 자료집에 있으면 하나의 자료에 불과하지만, 시집에 「자화상」이라는 제목을 달고 등장함으로써 예술이 된 것이다. 이 시를 통해 우리는 '나의 자화상은 어떤 모습일까?' 하는 물음을 묻게 된다.

필자는 '피카소 자화상 특별전'(Yo Picasso Self-Portraits, 2013.5.31 - 9.1)을 스페인의 바르셀로나 피카소 미술관에서 관람한 적이 있다. 맨 처음 피카소가 바르셀로나에서 그린 자신의 초상화(1896)와, 맨 마지막에 남프랑스 무쟁에서 그린 초상화(1972)까지 모두 한자리에 전시되고 있었다. 성장 과정에 따라 변하는 자화상은, 초기에 구상화로 시작하여 말기에 추상화로 표현되어 있다. 말하자면 피카소의 말마따나, '구상으로 시작해서 하나하나 제거해 나가 결국 남는 정수의 그림이 추상화'라고 말한 것이 그대로 반영되어 있다. 초기에는 자신의 겉모습을 그렸다면, 말기에는 그린 것은 내면의 자화상이다. 우리 모두의 자화상도 끊임없이 변하고 있다.

유회숙 시인의 「자화상」에서 볼 수 있는 바와 같이, 명태는 언제 어떻게 어디서 잡혔고 어떻게 다듬어 졌느냐에 따라 이름이 여러 가지다. 이름을 어떻게 붙여주었느냐에 따라 존재의 위상이 다르다. 우리가 보는 대상도, 시인이 어떻게 이름을 붙여 주었느냐에 따라 각기 다른 이미지들이 형성된다. 세상에 불변의 이미지는 없다. 내가 기분이 좋을 때, 내가 슬플 때, 내가 화가 날때 만나는 사람의 얼굴이 다르게 다가오듯이, 내가 내 자신을 바라보는 시선도 매번 다르기 마련이다.

「선인장꽃」, 「자화상」 외에도 「!」, 「나도 봄」, 「액자」, 「계단」, 「선풍기」 등에서 이처럼 여러 가지 다양한 방법을 통해 시적 이미지를 풍성하게 생산해내고자 하는 시도를 보이고 있다는 것이 주목할 만하다.

3. 곡진한 삶의 향기

시집마다 그리고 이번 시집에도 어머니에 대한 시가 많이 수록되어 있다. 시어가 매우 선택되고 정갈하다. 진부하지 않고 급진적이지 않으며 정제된 언어로 쓴 시다. 삶의 향기와 언어의 곡진함이 잘 어우러진 시들이다. 쉽게 읽혀지지 않는 부분도 있지만 난삽하지 않다. 소위 우리나라 미래파라는 국적불명의 시인들이 쓰는 시와는 질적으로 다르다. 한때 유행했던 우리나라 미래파는 원래 이전부터 있었던 이탈리아의 원조 미래파와 너무 다르고, 이들의 시가 구정물로 탁해진 연못에 온갖 잡초들이 뒤엉켜 있는 듯한 시들이라면, 유회숙 시인의 시는 그러한 연못에서 피워낸 수련이나 연꽃 같은 시라고 하겠다.

철학은 개념을 통한 사유이고, 과학은 함수를 통한 사유이며, 예술은 감각을 통한 사유라고 들뢰즈가 말했다던가, 유회숙 시인의 시들은 예술적 감각이 풍성한 시들이다.

낮은 걸음으로 풀잎이 길을 내는 새벽
얼음 알갱이며 어둠이며 털어버리고
욕심도 종이 한 장의 무게
어쩌면 슬픈 향기를 품은
별을 만지듯
바라보면 호롱불 호박꽃 피고
캄캄한 담장을 허문다
어둠이 환하게 아문 곳 그 집에서

시가 익어가고 풀꽃 몇 송이 모여 산다

　－「시집살이」전문

　아무리 좋은 사람들의 모임이라 하더라도, 시집온 색시의 시집살이는 문화의 차이로 인해 보통 어려운 게 아니다. 성장과정의 문화가 다른 두 사람의 만남은, 어떤 조직보다도 어렵기 마련이다. 융화가 어렵다 해서 쉽게 바꿀 수 있는 것도 아니다. 이를 잘 형상화한 구절이, 시집이 "어둠이 환하게 아문 곳"이라는 것이다. "시가 익어가고 풀꽃 몇 송이 모여 산다"고 노래하는 것을 보면 조화로운 시집살이를 엿볼 수 있겠다.

　또한, "시가 익어가고 풀꽃 몇 송이 모여 산다"는 구절에서는 시詩의 집에서 살아가는 것을 의미할 수도 있겠다. 더구나 "욕심도 종이 한 장의 무게"라는 구절까지 곁들여 있어 더욱 다의적인 해석이 가능하게 하는 시다. '좋은 예술 작품은 접하는 사람마다 다양한 이미지로 읽을 수 있는 작품'이라고 할 때, 그 좋은 사례가 되고 있다.

　　보고 싶다는 말에 날개를 다네

　　편지야, 우리 집 가는 길

　　은빛마을을 따라서

　　금빛마을을 따라서

　　봄 햇살 같은 엄마에게

　　딩동,

　　편지, 왔어요

124

－「엄마에게」 전문

　유회숙 시인은 (사)한국편지가족 회장을 역임하면서 편지문화 저변 확대를 위해 오랫동안 봉사하고 있다. 어린아이들을 비롯하여 많은 사람들에게, 편지라는 명사가 동사가 된 사연을 담은『편지선생님』(이지출판, 2018)이라는 책도 출간한 바 있다. 그러한 손편지 강사로서 경험과 어머니에 대한 그리움을 담고 있는 시가「엄마에게」이다.

　시들을 읽어가는 가운데 가장 필자의 마음에 와 닿고 오랜 여운을 남기고 있는 아름다운 시다. 머리로가 아니라 가슴으로 쓴 시, 기교의 때가 묻지 않은 진솔한 마음 한 자락을 보여 주고 있다. 이 한 편의 시가 유회숙 시인의 모든 것, 삶과 문학을 함축해 주고 있다. 더 이상 무슨 설명이 필요하겠는가.

불교문예시인선 • 029

국수사리 탑

©유희숙, 2019, Printed in Seoul, Korea

초판 1쇄 인쇄 | 2019년 09월 23일
초판 1쇄 발행 | 2019년 10월 01일

지은이 | 유희숙
펴낸이 | 문혜관
편집인 | 이석정
편   집 | 고미숙
디자인 | 쏠트라인saltline
펴낸곳 | 불교문예출판부

등록번호 | 제312-2005-000016호(2005년 6월 27일)
주   소 | 03656 서울시 서대문구 가좌로2길 50
전화번호 | 02) 308-9520, 010-2642-3900
전자우편 | bulmoonye@hanmail.net

ISBN : 978-89-97276-39-4 (03810)
값 : 10,000원

이 도서의 국립중앙도서관 출판예정도서목록(CIP)은 서지정보유통지
원시스템 홈페이지(http://seoji.nl.go.kr)와 국가자료공동목록시스템
(http://www.nl.go.kr/kolisnet)에서 이용하실 수 있습니다. (CIP제어
번호 : CIP2019034908)